AF400852

HÔTEL DROUOT, SALLE 8

le 21 juin 1909, à 2 h. 1/2

de 84 ŒUVRES

DE

WALTER SICKERT

EXPOSITIONS PUBLIQUES :

1° Chez MM. Bernheim Jeune, *15, rue Richepanse,*
les vendredi et samedi, 18 et 19 juin, de 10 à 6 h.;

2° Hôtel Drouot, le dimanche, 20 juin, de 2 à 6 h.

Mᵉ LOUIS LIBAUDE
Commissaire-priseur

MM. BERNHEIM JEUNE
Experts près la Cour d'Appel

PEINTURES
DESSINS & PASTELS

DE

WALTER SICKERT

dont la Vente aux enchères se fera à Paris

HOTEL DROUOT, SALLE 8

Le Lundi 21 Juin 1909, à 2 h. 1/2

COMMISSAIRE-PRISEUR :
Mᵉ LOUIS LIBAUDE
6, rue Baudin, 6
PARIS

EXPERTS :
MM. BERNHEIM JEUNE
Experts près la Cour d'Appel
25, boulevard de la Madeleine ;
15, rue Richepanse ; 36, avenue de l'Opéra.

EXPOSITIONS PUBLIQUES

1º Chez MM. Bernheim Jeune, *15, rue Richepanse, les Vendredi et Samedi, 18 et 19 Juin, de 10 à 6 h. ;*

1º Hôtel Drouot, *le dimanche, 20 juin, de 2 à 6 h. ;*

CONDITIONS DE LA VENTE

Au comptant.

Les adjudicataires paieront dix pour cent en sus des enchères.

Walter Sickert

*Trop de peintres, trop de tableaux!
ainsi s'exclament nombre de gens dont
la rétine est lasse de refléter tant de
bariolages fatigants par leur médiocrité
et leur monotonie, et j'avoue que je fais
volontiers chorus avec ces émules de
Calchas...*

*Mais si la marée des toiles vague-
ment peintes monte sans cesse, mena-
çant de submerger la bonne volonté
vacillante des amateurs incompétents,
combien sont rares, en revanche, les*

artistes et les œuvres d'art dignes de ce nom !

Voici un véritable artiste et voici de réelles œuvres d'art. Et nul ne s'inscrira en faux contre cette double affirmation en voyant défiler sous le marteau du commissaire-priseur ces études subtiles, ces esquisses doucement harmonieuses, ces œuvres nerveusement personnelles qui seront recherchées un jour par les amateurs avisés comme des bibelots de la qualité la plus précieuse.

On peut ne pas aimer le talent si particulier de Sickert, mais il faut rendre justice à cette « charmante nature d'artiste raffiné et consciencieux » dont les œuvres ont « la tenue de la vraie noblesse qui se réserve », ainsi que l'a dit excellemment le peintre Jacques-Emile Blanche.

4

*Au reste, de grands artistes comme
Whistler, comme Pissarro, comme Degas
n'ont pas caché la haute estime qu'ils
avaient pour le talent de cet Anglo-
Danois, d'un esprit si aigu et d'une si
rare culture.*

*Londres, Paris, Dieppe et Venise
l'ont inspiré de la façon la plus heu-
reuse. Une forte structure linéaire
maintient dans la réalité ces aspects
sur lesquels son imagination s'exalte :
dolents ou vifs paysages urbains, in-
timités pathétiques, music-halls des
quartiers populaires et ce nu féminin
qu'il formule en un style hallucinant
et singulier. Tout cela est peint avec
une technique grasse et savoureuse,
avec une richesse de palette sombre et
sobre, et Arsène Alexandre a pu dire
de tel de ses tableaux, qu'il semble*

pétri avec des roses fanées et comparer tel autre à un bijou de jais.

Ce m'est un plaisir de signaler aux amateurs cet artiste de vision toute moderne et d'éducation classique. Au surplus, il suffit de bien regarder ses œuvres pour être conquis par leur charme, comme l'ont été depuis long-temps MM. Moreau-Nélaton, J.-E. Blanche, André Gide, O. Sainsère, E. Strauss, P. Robert, Hœntschel, Pierre Goujon, André Lebey, le baron Caccamisi, entre autres délicats connaisseurs.

Adolphe TAVERNIER.

Peintures à l'huile

1. " Ce Londres que les Dimensions
   Anglais appellent London". 0m46×0m51

2. Le chapeau vert. 0m61×0m50

3. Le grand miroir. 0m76×0m50

4. The american sailor hat. 0m51×0m40

5. Le vieux modèle. 0m77×0m64

6. The Albert music hall,
   Canning Town. 0m51×0m76

Dimensions

7.	Couple.	$0^m47 \times 0^m25$
8.	Au poulailler.	$0^m64 \times 0^m76$
9.	Putana a casa.	$0^m46 \times 0^m38$
10.	La bottine.	$0^m38 \times 0^m46$
11.	Le corsage violet.	$0^m51 \times 0^m40$
12.	Petit matin.	$0^m51 \times 0^m40$
13.	La nera.	$0^m51 \times 0^m40$
14.	Dans Camden Town.	$0^m41 \times 0^m51$
15.	L'affaire de Camden Town.	$0^m60 \times 0^m40$
16.	L'essayage.	$0^m51 \times 0^m40$
17.	Soletta.	$0^m37 \times 0^m29$
18.	Dona in casa.	$0^m40 \times 0^m28$
19.	La Giuseppina.	$0^m46 \times 0^m38$

		Dimensions
20.	Scozzese.	0m38×0m46
21.	Le lit de fer.	0m40×0m51
22.	Profil.	0m51×0m40
23.	Le chapeau à plumes.	0m41×0m51
24.	A cup of tea.	0m50×0m40
25.	Costergirl.	0m51×0m41
26.	Conversation.	0m46×0m38
27.	Putana veneziana.	0m46×0m38
28.	La bonne dame.	0m61×0m50
29.	Alla pescheria.	0m55×0m46
30.	Regrets.	0m56×0m46
31.	La belle rousse.	0m50×0m61
32.	Bayadère.	0m51×0m41
33.	Le petit-fils du père Danière.	0m55×0m46

		Dimensions
61.	Bonne fille.	0m46×0m38
62.	La cigarette.	0m51×0m41
63.	Théâtre de Montmartre.	0m61×0m50
64.	La Gaîté Rochechouart.	0m61×0m50
65.	L'hôtel Royal, à Dieppe.	0m50×0m61
66.	Zul' Zattere.	0m41×0m33
67.	A casa sua.	0m52×0m42
68.	La pierreuse.	0m46×0m38
69.	La Giuseppina, poäreta.	0m46×0m38
70.	Le Pollet de Dieppe.	0m46×0m38
71.	Mamma mie, poäreta.	0m46×0m38
72.	Maria bionda.	0m46×0m38
73.	A Marengo.	0m38×0m46
74.		0m00×0m00

Dessins

Dimensions

79. Camden Town

(étude de nu, crayon rehaussé d'encre). 0^m35×0^m21

80. Victuailles

(crayon). 0^m29×0^m20

Pastels

		Dimensions
81.	Réveil.	0m44×0m54
82.	Le miroir carré.	0m53×0m69
83.	La coiffure.	0m70×0m54
84.	Le lit.	0m69×0m53